4,90

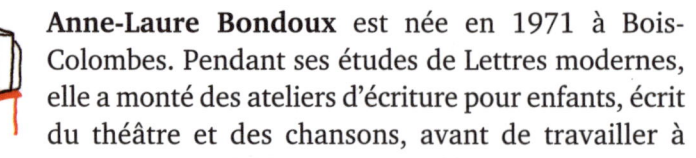

Anne-Laure Bondoux est née en 1971 à Bois-Colombes. Pendant ses études de Lettres modernes, elle a monté des ateliers d'écriture pour enfants, écrit du théâtre et des chansons, avant de travailler à Bayard pour la presse et l'édition. Aujourd'hui, elle est auteur à temps plein. Ses romans sont publiés chez Syros et Bayard Éditions.

Du même auteur dans Bayard Poche :
Le prince Nino à la maternouille (Les belles histoires)
Les bottes de grand chemin (J'aime lire)

Nicolas Wintz est né en 1959 à Strasbourg, où il a suivi bien des années plus tard les cours de l'École des Arts Décoratifs. Depuis 1981, ses dessins paraissent dans la presse enfantine. Si l'illustration de romans et d'albums reste son activité principale, il crée également des personnages de bandes dessinées. Ses ouvrages sont publiés par les éditions Gallimard, Hachette Jeunesse, Casterman, Syros, Nathan et Bayard Jeunesse.

Quatrième édition

© 2005, Bayard Éditions Jeunesse
© 2002, magazine *J'aime Lire*
Tous les droits réservés. Reproduction, même partielle, interdite.
Dépôt légal : avril 2005
ISBN : 978 - 2 - 7470 - 1571 - 4
Loi du 16 juillet 1949 sur les publications destinées à la jeunesse.

Mon amie d'Amérique

Une histoire écrite par Anne-Laure Bondoux
illustrée par Nicolas Wintz

J'AIME LIRE

BAYARD POCHE

1
Le grand départ

Un jour de juin, nous avons quitté l'Irlande. À bord du bateau, nous étions des centaines de familles irlandaises, entassées sur le pont avec les bagages. Papa me tenait par les épaules et je regardais la terre s'éloigner.

– Ça va, Molly ? m'a demandé papa.

J'ai hoché la tête. J'avais déjà tellement pleuré en disant adieu à mes amis que, maintenant, mes yeux restaient secs.

Dans la poche gauche de mon manteau, je touchais du bout des doigts le cadeau que mes amis m'avaient fait. C'était une petite pierre plate, sur laquelle ils avaient gravé le nom de mon village. Ils m'avaient dit que ce serait mon porte-bonheur.

J'ai rejoint maman, qui était assise sur une valise. Elle n'arrêtait pas de soupirer. En posant une main sur son gros ventre, elle m'a dit :

– Ton petit frère ou ta petite sœur ne connaîtra pas l'Irlande...

– Je la lui raconterai, ai-je répondu.

En disant cela, j'ai revu notre minuscule maison pleine de courants d'air et les chats maigres qui miaulaient sous nos fenêtres. J'ai pensé aux froides soirées d'hiver et aux puces dans mon matelas, qui m'empêchaient de dormir. En fait, je ne savais pas si j'aurais envie de raconter notre misère.

Maman m'a demandé :

– Lis-moi encore la lettre de Paddy.

Cette lettre de mon grand-père était aussi précieuse que ma pierre plate. Je la gardais dans la poche droite de mon manteau. J'ai sorti l'enveloppe, et j'ai lu à haute voix :

> Mes chers enfants,
> Ici, en Amérique, les champs de blé s'étendent jusqu'à l'horizon. Nanny et moi, nous vivons dans une grande ferme. Je l'ai construite de mes propres mains. Chaque fois que j'ai coupé une planche, chaque fois que j'ai planté un clou, j'ai pensé à vous. Maintenant, tout est bien. Nous vous attendons. Nanny n'a pas oublié la tarte aux mûres !
>
> Paddy O'Brien

Moi non plus, je n'avais pas oublié la tarte aux mûres ! Paddy et Nanny, mes grands-parents, étaient partis par ce même bateau, deux ans plus tôt. C'était le jour de mes six ans, et je rêvais de manger une tarte aux mûres. Ce jour-là, Nanny m'avait promis qu'on en ferait une pour fêter nos retrouvailles en Amérique.

J'ai replié la lettre et je me suis tournée vers l'horizon. Il y avait tant d'inconnu devant moi... Pour avoir moins peur, j'ai contemplé la pierre porte-bonheur au creux de ma main.

La traversée en bateau a duré plusieurs semaines. Ensuite, il a fallu prendre un train, puis une diligence. Je me disais que l'Amérique était grande, poussiéreuse et fatigante.

2
Les retrouvailles

Un matin, enfin, après avoir marché plus d'une heure depuis la ville, j'ai aperçu la ferme de Paddy et Nanny au milieu des champs.

Les blés faisaient comme une mer jaune autour de nous. Le toit de la ferme se détachait, blanc sur le ciel bleu. Un arbre aux branches lourdes se dressait, tout seul, au milieu du décor. Et, devant la maison, Nanny étendait le linge en nous tournant le dos.

– Nanny !

Elle s'est retournée. Elle a laissé tomber le drap, et son visage s'est illuminé.

– Vous voilà ! Oh, mon Dieu !

Tandis que je sautais au cou de Nanny, Paddy est apparu à la porte. Nous nous sommes tellement embrassés et serrés dans les bras que ça m'a donné le tournis.

Nanny et Paddy avaient les yeux rouges et des sourires bloqués sur la figure. Ils nous ont demandé des nouvelles de l'Irlande, de notre voyage, et ils ont admiré le gros ventre de maman.

Finalement, ils nous ont entraînés à l'intérieur de la maison pour tout nous montrer. Notre chambre était une grande pièce propre qui sentait encore le bois coupé.

– Voilà, a dit Paddy. Vous êtes chez vous.

Maman s'est mise à pleurer. Elle était si fatiguée ! Nanny l'a aidée à s'allonger sur le lit, et nous l'avons laissée se reposer.

Après avoir fait le tour de la maison, j'ai demandé à Paddy si je pouvais aller dehors.

– Va où tu veux, a-t-il répondu. Mais ne passe pas la barrière ! Sinon, j'aurai encore des ennuis avec ce vieux râleur de Greg Harris.

– Qui est-ce ?

Paddy a bougonné :

– C'est notre voisin. Sans lui, l'Amérique serait vraiment un paradis ! Ne dépasse surtout pas cette fichue barrière, juste derrière l'arbre !

J'ai hoché la tête et je suis sortie dans la cour. Je me sentais bizarre. J'avais beau me répéter que j'allais vivre ici, je n'arrivais pas à y croire. Je me suis attardée devant l'enclos des poules, mais au bout d'un moment j'ai eu envie d'aller voir du côté de l'arbre...

3
Le secret du chêne

L'arbre était un chêne, énorme, avec des branches tordues. Une petite brise faisait frémir les feuilles. La barrière passait derrière le tronc et marquait la fin du terrain de Paddy. J'ai relevé ma robe et, de branche en branche, je me suis mise à grimper.

En haut, je me suis assise contre le tronc et j'ai écarté le feuillage.

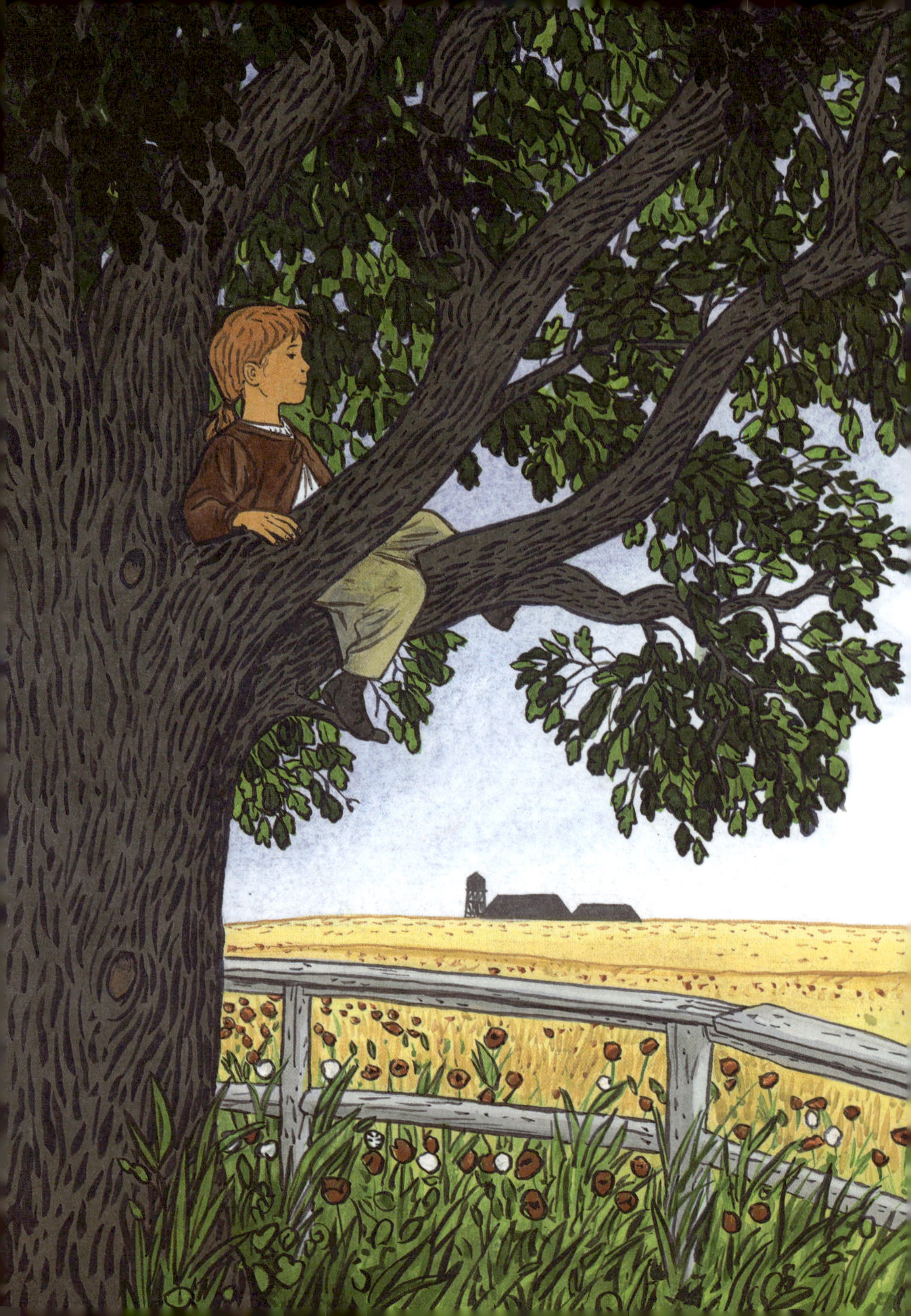

Paddy n'avait pas exagéré : les champs s'étendaient vraiment jusqu'à l'horizon. C'était beau, mais ça ne ressemblait à rien de ce que je connaissais. Plus loin, sur la gauche, j'ai aperçu une autre ferme. C'était sans doute celle du vieux râleur, Greg Harris.

Tout à coup, un mouvement dans les blés a attiré mon attention. J'ai plissé les yeux. Une tête est apparue, puis, brusquement, elle a disparu sous les épis. Un instant après, une fille a surgi, juste au pied de l'arbre. Elle était brune, elle portait une salopette et elle semblait avoir mon âge.

La fille a jeté un regard méfiant vers la ferme de Paddy, puis elle a escaladé la barrière et elle s'est faufilée sous les branches. Là, elle s'est mise à grimper. Lorsqu'elle est arrivée à la moitié du tronc, je me suis montrée et j'ai dit :

– Salut !

La fille a poussé un cri de surprise. Elle a failli lâcher sa branche.

– Attention ! ai-je dit en lui tendant la main.

Elle a retrouvé son équilibre et m'a dévisagée en fronçant les sourcils.

– Qu'est-ce que tu fais là ?

– Je vais habiter ici, ai-je expliqué.

La fille a fait la grimace :

– Chez les O'Brien ?

– Oui. Paddy et Nanny sont mes grands-parents.

La fille a fini par me rejoindre, et elle s'est assise à califourchon sur la branche. Elle avait l'air ennuyé.

Elle a dit :

– Ton grand-père serait furieux de savoir que je viens jouer ici. Jure-moi que tu ne diras rien.

Je me suis mise à rire :

– Tu as peur de Paddy ? Il n'est pas méchant, pourtant !

– Peut-être, mais il ne supporte pas mon grand-père. Si tu les voyais tous les deux ! Ils se disputent tout le temps !

– Pourquoi ?

– À propos de cet arbre, par exemple. Mon

grand-père pense que le chêne est à lui et que la barrière devrait passer de l'autre côté.

Je me suis tournée vers la ferme :

– Alors, tu habites là-bas, chez le vieux râleur ?

La fille a éclaté de rire et elle m'a tendu la main en disant :

– Je m'appelle Jane Harris. Et toi ?

– Molly O'Brien.

Jane s'est mise debout sur la branche :

– J'adore jouer ici. Quand je m'ennuie, je monte tout en haut et j'imagine que je suis sur un bateau.

J'ai raconté à Jane que j'avais traversé l'Atlantique sur un vrai bateau. Elle était épatée. Elle m'a dit :

– Moi, je suis née ici, et je n'ai jamais vu l'océan.

Alors, je lui ai parlé de l'Irlande, de notre petite maison et de mes copains qui jouaient dans le ruisseau sale.

Je lui ai aussi montré ma pierre porte-bonheur.

Puis j'ai proposé :

– Toi et moi, on pourrait partager l'arbre, non ?

Jane a répondu :

– D'accord, mais ce sera un secret. Mon grand-père n'aimerait pas que nous soyons amies.

Soudain, j'ai entendu Nanny qui m'appelait. Avant de quitter Jane, j'ai dit :

– On se retrouve là demain, d'accord ?

Quand je suis descendue, je me sentais joyeuse. Jane était ma première amie d'Amérique.

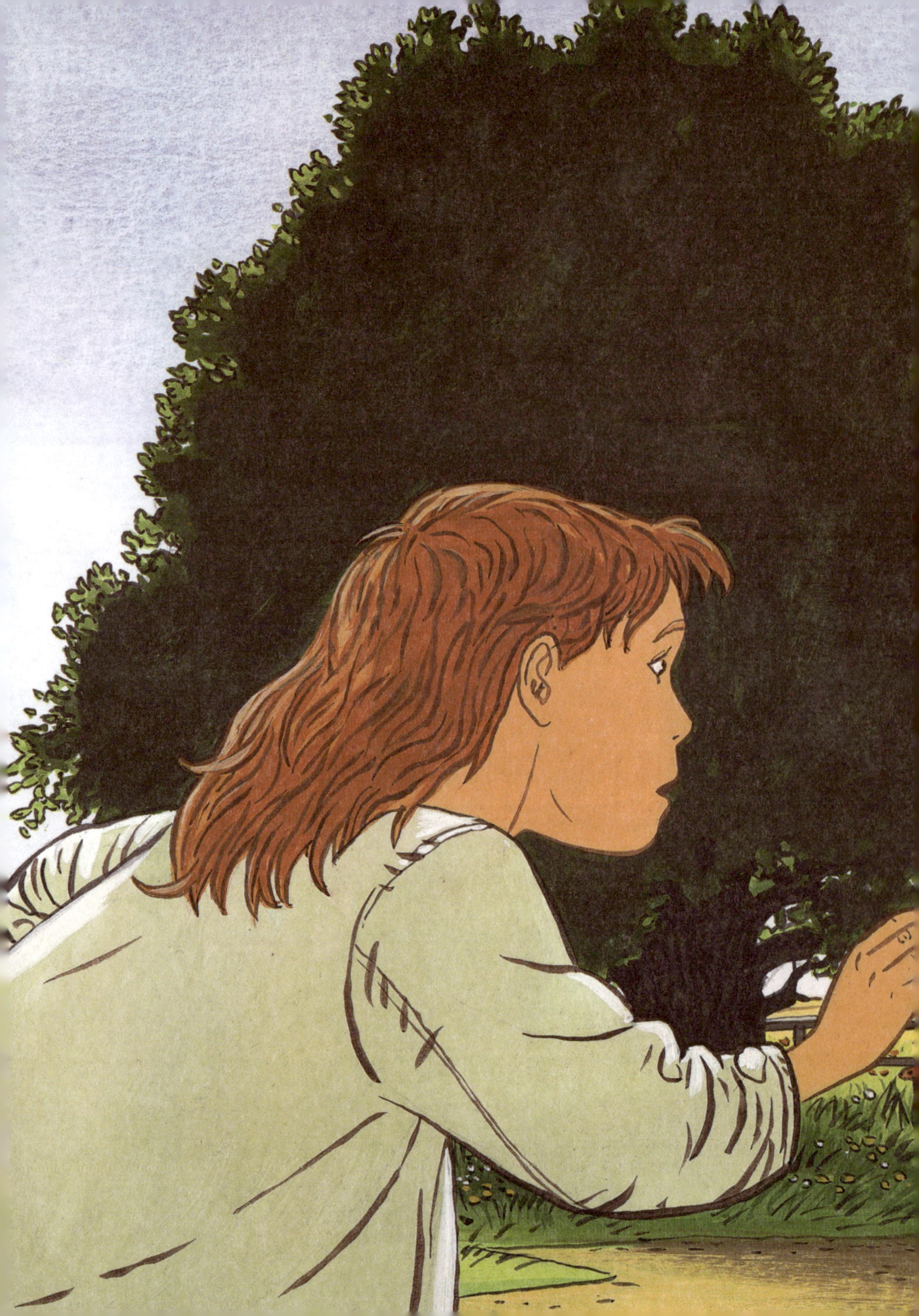

4
Une barrière de trop

Le lendemain, j'ai été réveillée par des cris. C'était la voix de Paddy. Je suis sortie en chemise de nuit. Mon grand-père se tenait près de la barrière. Il criait en faisant de grands gestes.

Le cœur battant, j'ai traversé la cour et je me suis approchée. Paddy était très en colère, son visage était rouge comme une tomate.

– Ne traîne plus par ici ! hurlait-il. Ce chêne est à moi ! Retourne chez les Harris !

J'ai pâli. Au milieu des blés, je venais de reconnaître Jane. Elle s'enfuyait à toutes jambes. J'ai tiré mon grand-père par la manche en suppliant :

– Paddy ! Arrête !

Mon grand-père s'est retourné brusquement.

– Oh, Molly..., a-t-il murmuré. Qu'est-ce que tu fais là ?

J'ai senti mes jambes trembler :

– Pourquoi tu chasses Jane ? Elle venait jouer avec moi !

Paddy m'a regardée avec des yeux ronds :
– Tu connais déjà la fille Harris ? Eh bien !
Il a fait demi-tour, et il est parti en bougonnant vers la grange.

Dans les blés, il n'y avait plus personne. Je suis rentrée en traînant les pieds.

À la cuisine, Nanny faisait bouillir de l'eau du puits. Je lui ai demandé :

– Où sont Papa et Maman ?

Je me sentais triste, et j'avais envie de leur raconter ce qui s'était passé.

Nanny a répondu :

– Ils sont allés en ville pour voir le docteur. Je crois que le bébé ne va pas tarder à pointer le bout de son nez.

Elle m'a fait un clin d'œil avant d'ajouter :

– Nous, nous allons nous occuper d'une chose importante, aujourd'hui. Tu devines ce que c'est ?

J'ai murmuré :

– La tarte aux mûres ?

– Je te l'avais promis, Molly ! s'est exclamée Nanny. Dès que tu auras bu ton bol de lait, nous irons faire une cueillette gigantesque, d'accord ?

Comme je n'avais pas l'air très contente, Nanny s'est approchée de moi :

– Ça ne te fait pas plaisir ?

– Si. Mais… j'aimerais bien que Jane vienne manger la tarte avec nous.

Nanny a semblé ennuyée :
– Une Harris à notre table ? Hum… Je ne sais pas si Paddy acceptera.

J'ai réfléchi. Je ne voyais vraiment pas pourquoi une dispute d'adultes m'empêcherait d'avoir une copine. Tout à coup, j'ai eu une idée. Je l'ai chuchotée à l'oreille de Nanny. Elle s'est mise à rire, et elle a dit :
– Molly, tu es têtue comme une vraie petite Irlandaise ! Espérons que ça marchera !

5
Le plan de Molly

La matinée était très chaude. Dans les buissons, les mûres rôtissaient au soleil. Elles étaient noires et juteuses comme jamais les mûres d'Irlande ne pourront l'être.

Après la cueillette, Nanny et moi avons fait la pâte et, vers le milieu de l'après-midi, la tarte était prête. Mes parents sont arrivés juste au moment où nous la mettions à refroidir sur le bord de la fenêtre.

– Elle est magnifique, a dit maman.

J'ai regardé son ventre. Papa a expliqué :

– C'est pour bientôt. D'après le docteur, tout se présente bien.

Je me suis tournée vers Nanny, et j'ai dit :

– Je vous laisse préparer la table. Moi, je vais chercher mon invitée !

Paddy était occupé dans la grange. J'ai couru vers la barrière, discrètement. Hop, je l'ai escaladée et j'ai traversé le champ de blé des Harris.

Je suis revenue avec Jane un moment après. Le vieux Greg, qui coupait du bois derrière sa ferme, ne nous avait pas vues partir.

La table était dressée sous le chêne, juste contre la barrière. Mes parents et Nanny nous attendaient. La tarte aux mûres trônait sur la nappe blanche. J'ai déclaré :

– Je vous présente Jane. C'est mon amie depuis hier.

À ce moment, Paddy est sorti de la grange. En nous voyant, il a froncé les sourcils et il a bougonné :

– Qu'est-ce que c'est que cette réunion ?

Nanny a répondu :

– C'est en l'honneur de nos retrouvailles. Voilà deux ans que nous attendons de manger cette tarte ensemble ! Alors tu es prié de venir !

En ronchonnant, Paddy est allé se laver les mains dans la cuisine. Pendant ce temps, Nanny a fait passer une chaise à Jane par-dessus la barrière. C'était ça, mon idée : inviter Jane, mais la laisser assise de l'autre côté de la barrière.

Je me disais que, comme ça, Paddy allait bien se rendre compte que cette histoire de barrière était ridicule. Mes parents riaient, et Nanny secouait la main en disant :

– Oh là là ! J'espère que Paddy va prendre ça avec humour !

Jane et moi, on se regardait. On était bien contentes de goûter ensemble sous notre chêne. C'est alors qu'on a entendu le vieux Greg crier à l'autre bout du champ.

– Zut ! a soupiré Jane. J'espère qu'il ne va pas tout gâcher.

Mon père s'est levé :

– Attendez, il se passe quelque chose de bizarre...

Le vieux Greg courait vers nous en agitant sa canne. Il criait des mots incompréhensibles. Un frisson m'a parcouru le dos. Au même moment, Paddy est sorti de la maison. Il a regardé vers le champ des Harris avec inquiétude.

Le grand-père de Jane est enfin arrivé jusqu'à nous, soufflant comme une locomotive. Il a crié :

– Une tornade ! Elle arrive droit sur nous !

6
La tornade

Rapide comme l'éclair, Jane s'est élancée dans les branches du chêne. Sans réfléchir, je l'ai suivie. Lorsque je suis arrivée à la cime, Jane pointait son doigt vers l'horizon :

– Regarde !

Je n'avais jamais vu une chose pareille. Une forme noire, énorme, barrait le ciel de bas en haut. C'était une sorte de colonne mouvante qui fonçait vers nous.

Au pied de l'arbre, les adultes criaient pour qu'on redescende. J'étais pétrifiée. Jane m'a saisie par le bras, et nous avons dégringolé de l'arbre. Le vieux Greg a attrapé Jane par l'épaule :

– Viens vite ! Il faut retourner à la maison !

J'ai retenu Jane par l'autre main en criant :

– Vous n'aurez pas le temps !

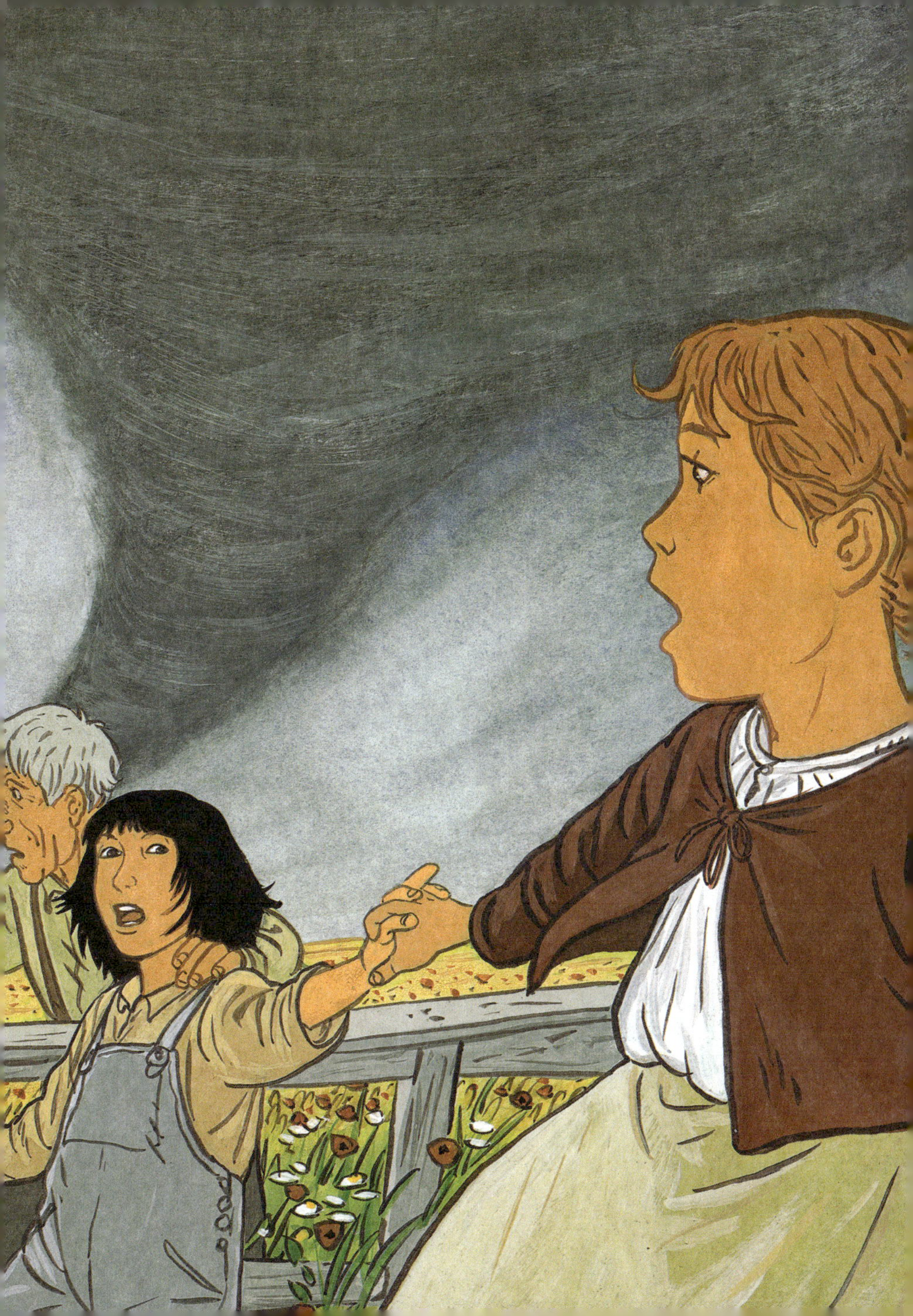

Paddy a crié :

– Molly a raison ! Venez avec nous !

Alors, sans hésiter, nous avons couru tous ensemble vers la ferme de Paddy. Le ciel était devenu sombre. Autour de nous, le vent commençait à forcir*. On n'entendait plus les oiseaux. Greg Harris a hurlé :

– Il faut se mettre sous la maison ! C'est notre seule chance !

Nous nous sommes tous glissés sous la maison. Il n'y avait pas beaucoup d'espace.

* On dit que le vent forcit quand il souffle plus fort.

Je me suis roulée en boule contre Paddy, et Jane s'est recroquevillée près de moi.

– Fermez les yeux et la bouche ! a recommandé le vieux Greg.

Autour de nous, tout s'est mis à trembler.

Des gouttes énormes martelaient la terre sèche et le vent grondait comme une bête sauvage. La poussière s'engouffrait par paquets dans notre abri. À côté de moi, Jane pleurait de peur. J'ai sorti la pierre plate de ma poche et je l'ai glissée dans sa main. Nous l'avons serrée très fort toutes les deux. Au-dessus de nous, la ferme de Paddy craquait. Toutes les planches grinçaient, et j'avais l'impression que la maison allait exploser.

Le vent enflait toujours et nous giflait les bras et les jambes. J'avais du sable dans les yeux, dans les narines, partout. Ça m'a semblé durer une éternité.

Et puis, brutalement, le vent a cessé.

Le fracas a fait place à un profond silence. C'était comme si je me réveillais d'un cauchemar. La maison était toujours là, au-dessus de nos têtes. La tornade était passée.

Sans un mot, nous sommes sortis de notre cachette. Nous étions couverts de poussière, mais nous étions tous en vie.

La maison de Paddy n'avait perdu que quelques planches. La grange, elle, n'avait plus de toit. Nous nous sommes tous embrassés en pleurant.

Greg Harris a murmuré :

– La tornade nous a frôlés, mais j'ai l'impression qu'elle est passée sur ma ferme.

Paddy et lui sont allés constater les dégâts. Soudain, j'ai dit à Jane :

– Regarde ! La barrière !

Le vieux chêne était toujours debout... mais, à ses pieds, la barrière était tombée. Nous nous sommes regardées et nous avons éclaté de rire.

Et puis, Paddy et Greg sont revenus. Paddy a annoncé :

– Nous allons devoir reconstruire la ferme des Harris. En attendant, Molly fera sans doute une petite place à Jane, n'est-ce pas ?

Toutes contentes, nous avons hoché la tête en même temps. Jane m'a rendu la pierre plate en murmurant :

– Je crois qu'elle porte vraiment bonheur.

Et c'est ce soir-là que mon petit frère est né. Lorsque j'ai vu sa petite tête fripée et ses cheveux en bataille, j'ai pensé que lui aussi venait de subir une tornade. Il a poussé un cri plein d'énergie. Finalement, notre vie en Amérique s'annonçait plutôt bien !

Achevé d'imprimer en août 2008 par Oberthur Graphique
35000 RENNES – N° Impression : 8659
Imprimé en France